먼 미래에서
현재를 보는 관점으로

2024년 가을
정대건

부오니시모, 나폴리

부오니시모, 나폴리

정대건

위즈덤하우스

차례

6년 전 그날 밤 나폴리의 어둑한 뒷골목,
사방에는 이탈리아어밖에 들려오지 않았다.
핏제리아(Pizzeria—피자 전문점) 앞에 줄을 서
있는 동양인은 나와 일행들밖에 없었기에
우리를 향한 현지인들의 시선이 느껴졌다.
내가 혼자서 나폴리에 간다고 했을 때,
열차에서 만난 이탈리아 아주머니는
'그 더럽고 위험한 곳'에 뭐 볼 게 있다고
가느냐고 말했다. 마피아의 소굴이라는 말을
들어서일까. 좁고 어두운 나폴리의 골목은

어쩐지 으스스했고 나는 모험이라도 하는 것처럼 설렜다.

그때 일행 중 누군가의 배에서 꼬르륵 소리가 났고, 20대 중반 남자가 멋쩍게 웃었다. 어느덧 저녁 8시가 지났고 몹시 허기진 건 나도 마찬가지였다. 우리는 유럽 여행 인터넷 카페에 올라온 '동행' 글을 보고 모인 사람들이었다.

'나폴리 저녁 피자 동행 구해요. 저는 20대 중반 남자입니다. 나이 성별 무관, 같이 피자 먹고 재밌게 노실 분.'

게시판에는 동행을 구하는 글이 하루에도 수십 개씩 올라왔다. 이미 함께하고 싶다는 20대 초반 여자, 30대 중반 남자의 댓글이 달려 있었다. '나이 성별 무관'이라는 단서를 달아두었음에도 모두가 나이와 성별을 공유한다는 사실이 어떤 진실을 말해주는

듯했다. 나는 30대 초반 여자라고 댓글을
달았다. 두 달간의 유럽 여행 중 몇 차례
그런 동행에 함께했는데 생각보다 즐거운
경험이었다. 회사에서 매일 만나는 똑같은
사람들과 똑같은 대화에 질려 있던 터라 낯선
여행지에서 만나 직업도 출신도 상관없이
어울리는 게 좋았다. 무엇보다 나를 회계팀
백선화 대리라고 소개하지 않아도 된다는
것에 해방감을 느꼈다.

　　당시 나폴리는 한국인들에게 '남부
투어'라는 이름으로 폼페이나 아말피
해안을 가기 위해 잠깐 들러서 피자를
맛보는 곳 정도였다. 범죄율이 높다는
악명은 여행자들에게 치안에 대한 걱정을
불러일으켰다. 이국적인 풍경의 그 밤,
어디서나 한국말이 들려오는 오사카나 다낭
같은 곳이 아닌, 한국인 손님이 많아 식당에

한국인 종업원까지 고용한 피렌체가 아닌, 미지의 나폴리에서 모였다는 사실만으로도 우리는 모종의 동지 의식을 공유했다.

우리는 지금까지 어디를 얼마나 여행했고 어디가 좋았는지 같은 대화를 주고받았다. 게시판에 동행 글을 올린 20대 중반 남자는 군대를 전역한 예비 복학생인데 한 달간 배낭여행 중이었다. 20대 초반 여자는 독일에서 교환학생을 하는 중인데 방학을 맞아 이탈리아를 여행하고 있었다. 교환학생이라는 말을 듣자마자 내 입에서는 '부럽다'라는 말부터 튀어나왔다. 왜 나는 대학생 때 교환학생을 다녀오지 않았을까. 유럽 여행과 외국 생활의 기회를 놓친 걸 늘 아쉬워하다가 이렇게 뒤늦게 첫 유럽 여행을 오게 되었다고 말하며 자연스레 내 소개를 이어갔다. 나는 30대 초반의 평범한

회사원이라고 밝히고는 휴직하고 두 달간 여행 중이라고 했다. 다음으로 큰 덩치에 어깨가 벌어진 30대 남자 차례가 되었을 때, 드디어 핏제리아 점원이 우리를 안으로 안내했다.

모두 배가 고팠기에 30대 남자의 소개는 잠시 뒤로 미뤄졌다. 30대 남자는 이탈리아어로 능숙하게 피자를 주문했고, 다들 어떻게 이탈리아어를 할 줄 아느냐며 그의 정체를 궁금해했다. 남자는 빙긋이 웃어 보였다. 5분도 걸리지 않아 금방 마르게리타 피자가 나오자 다들 환호하며 사진을 찍고는 먹기 시작했다. 피자를 한입 베어 문 나는 진짜 맛있다며 감탄사를 연발했다. 한 사람이 한 판을 먹을 수 있는 크기의 작고 얇은 화덕 피자였다. 이탈리아 다른 지역을 여행하며 먹어본 피자들과 확실히 달랐다. 더 부드럽고

흘러내리는 듯한 식감이었다. 30대 남자는
눈동자가 커진 우리의 반응을 감상하는 게
즐겁다는 듯 웃었다. 내가 맛있다며 엄지를
들어 보이자, 그가 맛있을 때 하는 이탈리아
제스처로 손을 크게 휘저으며 말했다.

"부오니시모!(Buonissimo—아주 맛있어!)"

자신을 한이라고 소개한 남자는 자신이
최고의 피자를 먹으러 나폴리에 왔다고,
피자이올로(Pizzaiuolo)가 되려고 한다고
말했다.

"피자 욜로요? 인생은 한 번뿐이니 피자나
실컷 먹자는 건가?"

내가 묻자 한이 웃었다.

"피자 욜로가 아니라 피자이올로. 피자
장인을 말해요. 저, 나폴리에서 피자 배우고
있어요."

우리 사이에서 감탄이 터져 나왔다. 한은

아마도 자신이 나폴리에 살고 있는 다섯 명도 안 되는 한국인 중 한 명일 거라고 말했다. 나폴리는 이탈리아에서 세 번째로 인구가 많은 대도시지만, 한인 민박도 한식당도 찾아볼 수 없을 정도로 한인이 적고 커뮤니티랄 게 없다고 했다. 그에게 강한 호기심이 생긴 나는 "우와! 가게가 어디예요?" 하고 물었다. 그때 예비 복학생이 조금은 불만 섞인 어조로 말했다.

"그러면 한 씨는 여행자는 아닌 거네요? 여행자들끼리 만난다는 암묵적인 룰을 깬 거 아닌가요."

떠들썩하던 테이블에 갑자기 불편한 침묵이 흘렀다. 예비 복학생과 한이 눈을 마주 봤고, 묘하게 긴장된 분위기가 조성됐다. 한이 부드럽게 웃으며 말했다.

"이런 조용해지는 순간을 천사가

지나가는 시간이라고 해요."

예비 복학생의 눈을 바라보며 한은
여유롭게 덧붙였다.

"결국 우린 모두 왔다가 돌아가는
여행자들 아닌가요."

그 미소는 당신과 싸울 생각은 조금도
없다는 듯한 미소, 모든 공격성을 무화시키는
여유롭고 너그러운 미소였다. 그러자 우리
테이블에 흐르던 긴장이 풀어졌다. 나는 그가
보인 의외의 반응에 조금 놀랐다. 그런 여유가
어디에서 나오는 것인지 궁금했다.

핏제리아에서 나온 우리는 가볍게
스프리츠를 한잔하고 흩어지기로 했다.
좁은 골목 바의 야외 테이블에 서서
이탈리아인들이 마시고 있는 청량한 오렌지
빛깔의 칵테일을 주문했다. 한을 제외하고는

모두 다음 날 나폴리를 떠나는 일정이었다.
나는 다음 날 아침 로마행 열차를 끊어두었다.
두 달간의 유럽 여행 일정의 마지막으로 남은
3일 동안 로마에 머무르며 콜로세움과 바티칸
같은 명소들을 구경하고 한국으로 돌아갈
예정이었다.

"친친(Cin cin)."

우리는 한이 알려준 이탈리아 건배사를
하며 잔을 부딪쳤다. 그때 한은 내 눈동자를
빤히 바라봤다. 내가 어색함에 슬쩍 시선을
돌리자 그가 말했다.

"눈을 피하지 마세요. 이탈리아에서는
건배할 때 상대방 눈을 쳐다보지 않으면
7년간 운이 없다고 해요."

그러면서 그는 나뿐만 아니라 나머지
셋에게 골고루 시선을 주었다. 그때
교환학생이 말했다.

"그거 독일에서도 똑같은데. 나쁜 섹스를 하게 된다는 거 말이죠? 그래도 7년은 너무 길지 않나."

교환학생은 이미 유럽 문화에 익숙한 듯 웃으며 말했다. 한은 1년간 나폴리에서 생활하며 익힌 풍부한 지식으로 맛집과 카페들을 추천해주었다. 내가 나폴리 생활에 대해 묻자 한은 남부 사람들이 확실히 북부보다 더 살갑고 한국 사람들처럼 정이 많은 것 같다고 했다. 그러자 예비 복학생이 "그런가요? 한국 사람들이 정말 정이 많은가요? 저는 잘 모르겠던데. 다 사람 나름이죠"라고 차갑게 말했다. 그는 한이 신분을 밝힌 뒤로 한에게 관심이 쏠리자 대놓고 불만스러운 표정을 드러내며 냉소적으로 반응했다. 그럴 때마다 한과 나는 시선을 주고받았다.

나는 분위기를 바꿔보려고 영화 〈콜미 바이 유어 네임〉의 아름다운 북부 이탈리아 소도시 풍경에 반해 이탈리아 여행을 시작했다고 화제를 전환했다. 내가 찍은 크레마 광장의 풍경을 보여주었다. 영화에서 엘리오와 올리버가 함께 앉아 있던 시계탑이 보이는 장소였다. 교환학생이 그 영화의 뭐가 그렇게 좋았느냐고 물었고, 나는 여름의 눈부신 풍경들, 동성을 사랑하게 된 엘리오에게 편견 없이 축하하고 응원해주는 아버지의 태도가 너무 좋았다고 했다. 그러자 예비 복학생이 차갑게 말했다.

　　"저도 그 영화 봤는데요. 그렇지만 그 아버지는 너무 비현실적이지 않나요. 현실에서 그렇게 응원할 수는 없죠."

　　그러자 한이 예의 그 여유롭고 너그러운 미소를 지어 보이며 그에게 물었다.

"왜요? 누군가에게 피해를 주지 않고 행복해지고자 하는 일이 응원받지 못할 이유가 있나요?"

복학생은 미소 짓는 한을 아니꼬운 표정으로 바라보다가 명쾌히 대답하지 못하고 말끝을 흐렸다. 나는 다시 한 번 한과 시선을 교환했다.

일행들과 인사를 나누고 헤어질 땐 이미 상점들에도 불이 꺼져 골목이 어둑했다. 내가 머무는 리오네 사니타 지역은 낮에 시장이 들어서는 활기찬 곳이지만, 한때는 마피아로 악명 높았던 곳이었다. 한의 집은 내가 잡은 숙소에서 대로변을 건너면 바로였다. 한은 나를 불쾌하게 만들고 싶지 않다는 신호를 보내며 조심히 물어왔다.

"같은 방향인데 제가 바래다 드릴까요? 괜찮으시면."

어두운 골목은 혼자 걷기에 무서웠고, 그와 더 대화를 나누고 싶었기에 나는 고맙다고 했다. 정말로 나폴리의 치안이 안 좋으냐는 내 물음에 한은 다 사람 사는 곳이라며 웃었다.

"야쿠자 무섭다고 일본 여행 안 가진 않잖아요. 중앙역 쪽 노숙인 많은 곳은 저도 좀 무섭지만 밤늦게 혼자 다녀도 괜찮던데요."

"그건 한 씨가 거구의 남자니까 그런 거지요."

내 말에 한은 놀란 듯했다. 잠시 정적이 흘렀고 내가 무슨 실수를 한 건가 싶어 왜 그러느냐고 물었다. 한은 아무것도 아니라며 금세 표정을 풀고 아이처럼 웃었다.

"평소에는 제가 '거구의 남자'라는 걸 자각하지 않고 사는데 새삼 자각한 거죠."

한은 이탈리아인들이 보더라도 건장한

체격의 남성이라서 의아했다. 그때 갑자기
저 멀리 도시 어디선가 펑, 하고 폭죽 터지는
소리가 들렸다. 깜짝 놀란 나와 달리 한은
익숙한 듯 태연히 말했다.

"도시에 마약이 들어왔다는 걸 폭죽으로
알리는 거래요."

내가 정말이냐고 묻자, 그는 누가
알겠냐는 듯 양손을 들고 어깨를 으쓱했다.

이제 헤어질 시간이었다. 내가 그에게
물었다.

"스프리츠 한잔 더 할래요?"

"다음 날 일정 괜찮겠어요?"

원래대로라면 숙소에 돌아가 잠을 청해야
했지만, 그와 대화할 기회를 놓치면 왠지
후회할 것 같았다. 생각지 못한 방식으로
외국에서 생활 중인 그에게 묻고 싶은 게
많았다. 내가 남자에게 먼저 한잔을 청한 건

처음이었다. 마약이 들어왔다는 걸 알리는
폭죽이 터지는 나폴리의 골목에 서 있다는
사실이 어쩐지 이전에는 하지 않던 일도 할 수
있을 것처럼 용기를 줬다.

근처의 바 테이블에 앉아서 스프리츠를
마시며 한의 나지막한 저음에 귀를 기울였다.
한은 공부를 열심히 해서 좋은 대학에 가 좋은
직장에 취업하면 행복이 보장된다고 속은 내
또래 한국인의 전형적인 루트를 밟아왔다.
이름만 들으면 다들 아는 서울 소재 대학의
경영학과를 졸업한 그가 왜 나폴리에서 홀로
피자를 배우고 있는 것인지 궁금했다. 어떻게
그런 선택을 할 수 있었을까.

"20대 후반에 제가 크게 교통사고를
당했어요. 큰 수술하고 1년 넘게 재활 치료를
했는데 정말 힘들었어요. 확 늙어버린 것

같더라고요……. 남은 인생이 너무 짧게
느껴지고. 완치 판정 받고 나폴리에 피자나
실컷 먹으러 왔어요. 그런데 사람들이 맛있게
먹는 표정 보는 게 너무 좋았어요. 그게
가장 단순한 행복 같아요. 돌이켜보니 저는
대학생 때부터 남들한테 음식 만들어주는 걸
좋아했더라고요. 그 자리에서 주방으로 가
저도 배울 수 있냐고 물어봤죠."

　"그럼 피자이올로가 된 뒤엔 한국으로
돌아갈 건가요?"

　한은 이탈리아의 젊은이들도 피자 만드는
기술을 배워 임금이 더 좋은 런던으로 파리로
많이 간다고, 한국에 돌아가 핏제리아를 차릴
수도 있지만 외국의 대도시로 떠날 수도
있다고, 정해진 건 없다고 했다. 그는 한국
땅과 상관없이 어디로든 자유롭게 떠나서
살 수 있는 듯 보였다. 그건 내가 동경하던

삶이었다. 나는 "대단하네요"라는 말을
감탄사처럼 내뱉었다.

"먼 미래에 요식업계의 큰손 되는 거
아니에요? 나중에 인터뷰에서 나폴리에
머무르던 젊은 시절 이야기를 할 유명인을
지금 제가 만나고 있는 것 같아요."

내가 호들갑을 떨자 한이 웃었다.

"그거 재미있네요. 먼 미래에서 현재를
보는 관점."

나는 그에게 나폴리에 살고 있으면서
동행 모임에 왜 나온 것인지 물었다.

"외로워서요."

그는 담백하게 말했다. 나는 그 이전에도
그 이후에도 외로움을 그렇게 부끄럽지
않게 말하는 사람을 보지 못했다. 이번
주말인 부활절 기간이 유럽에서 가장 큰
명절이라고, 다들 고향으로 돌아가고 거리가

텅 비어버리면 그때는 어쩔 수 없이 외로움이 찾아온다고 했다. 그래서 오랜만에 한국말로 대화를 나누고 싶었다는 그의 말에 고개가 끄덕여졌다. 다른 속내를 숨기고 나를 속이려는 것처럼 보이지는 않았다.

한은 술을 잘 마시지 못했고 내일은 일찍부터 일을 나가야 한다며 자중했다. 스프리츠를 두 잔째 마신 내게도 괜찮겠냐고 물었다. 나는 호기롭게 도수가 높은 리몬첼로를 주문해 샷으로 마셨다. 걸쭉한 느낌의 진한 술이 입안에 레몬 향과 함께 강렬하게 퍼졌다. 술집 안의 누구도 우리의 언어를 알아듣지 못할 거였고 나는 무슨 말이든 털어놓을 수 있을 것만 같았다.

"제 친구는 제가 외국 병에 단단히 걸렸대요."

어릴 적부터 외국 문화와 외국 생활에

대해 동경하던 나는 언제부턴가 이민을 가서
살고 있는 사람들의 SNS 계정을 팔로우했다.
유학을 떠나는 사람들을 보면 그들의
속사정을 잘 알지도 못하면서 그럴 수 있는
여유를 은근히 시샘하기도 했다. 더 늦기 전에
외국에 나가볼 기회를 찾았지만, 막상 한국의
모든 것을 포기하고 외국에 나가 산다는 건
엄두가 나지 않는 일이었다. 그럴 때마다 나는
아무래도 대학생 때 교환학생을 다녀왔어야
했다고, 이미 늦었다고…… 후회스럽게
중얼거렸다.

　"전 제 선택에 대해 후회를 많이 하는
편이에요. 선택에 자신이 없어요. 제가
제일 피하고 싶은 건 뭔가를 선택해야 되는
상황이에요……."

　단순한 선망 정도였던 외국 생활에
대한 내 생각은 1년 전 겪은 파혼을 계기로

구체적인 갈망으로 변했다. 2년간 사귄
남자친구와 결혼 얘기가 오가던 중 사소한
문제로 매일같이 다투다가, 결국 파혼하게
됐다. 그와 결혼을 해 평생 같이 산다고
생각하니 이전에는 들리지 않던 소리—그가
밥을 먹을 때 내는 쩝쩝 소리—가 들리기
시작했다. 당시에는 그와 내가 잘 맞지 않는
사람이라고 생각했는데, 실은 내가 그를
그다지 사랑하지 않는데도 결혼을 진행하고
있었다는 걸 깨달았다. 그저 남들처럼 해야
해서.

대학 입학, 취업, 그다음은 결혼이라는
과업대로 살아온 내게 그 일은 단순히 이별이
아니라, 나 자신에 대해 내가 너무나도
모른다는 것을 깨닫게 된 사건이었다.
이대로는 안 되겠다, 싶었다. 내가 여행이
아니라 아예 한국을 떠나 살고 싶다고 하자,

가족들의 반응은 차가웠고 자주 부딪치게
됐다. 진지하게 캐나다 취업 이민을 알아보고
있다는 고민을 오랜 친구인 혜나에게
털어놓았을 때 혜나가 말했다.

"너도 참 유난이다."

적어도 혜나는 나를 응원할 줄 알았기에
그 말이 상처가 됐다. 나는 변하고 싶었다.
뭘 어떻게 변하고 싶냐는 혜나의 물음에는
명확히 대답하지 못했다. 가족도 친구도
없는 곳에서 사는 게 뭐가 좋다는 거냐,
도망친 곳에 천국은 없다는 말 모르냐, 네가
고생을 안 해봐서 뭘 모르는 거다, 같은
말들이 이어졌다. 그러나 한국에서의 내 삶이
싫어서, 이러다 병이 날 지경이었다. 가족들은
차라리 한 번 길게 여행을 다녀오라고 했다.
외국에서의 생활과 여행은 완전히 다르다는
것을 알면서도 우선 떠나고 싶었다. 그게

내가 이번에 처음으로 길게 유럽으로 여행을
떠나온 이유였다.

내 이야기를 듣던 한은 한국의 삶이 뭐가
그렇게 싫었냐고 물었다.

"정해진 경로에서 조금이라도
벗어나면 안 될 것 같은 게 꼭 내 몸에
갇힌 기분이었어요. 내가 선택한 것도 아닌
사고방식으로 평생 살다 간다는 게 싫었어요.
유난이죠?"

나는 쓸쓸하게 자조했다.

"아니요, 유난 아니에요. 저도 그래요."

한은 공감하는 눈빛을 보내며 진중하게
고개를 끄덕였다.

"선화 씨 말 듣고 좀 놀랐어요. 제 몸에
갇힌 기분. 저도 비슷한 걸 느끼거든요."

누구보다도 자유롭게 살고 있는 듯
보이는 한이 그런 말을 하자 영문을 알 수

없었다. 어느덧 우리는 헤어지기로 한 까르푸 마트 앞 건널목에 도착해 멈춰 섰다. 빨간불이 파란불로 바뀌었지만 그도 나도 그 자리에 서서 대화를 멈추지 않았다.

"저도 정체성에 대한 고민이 있어요."

그는 잠시 망설이는 듯 내 눈을 바라보더니 입을 열었다.

"저는 남성성이 부족한 것 같아요……."

뜻밖의 고백이었다. 나는 그가 남자를 좋아한다고 커밍아웃이라도 하려는 것인가 예감했다. 그때 내 마음에 약간 실망감이 피어오른 것을 보면, 단지 그의 사연이 나를 사로잡은 것이라고 속으로 되뇌었지만, 나도 모르게 그에게 조금의 호감을 느꼈던 것 같다. 그러나 곧 그것이 내 오해라는 것을 알아차렸다. 그가 말했다.

"제가 누나가 있는데요. 저는 누나를 닮은

것 같아요."

　　보행자 신호가 다시 빨간불로 바뀌었다.
한은 자신의 누나인 은주와 동생인 은수의
이야기를 들려주었다. 은주의 인생에서
한평생 짝사랑은 없었다. 고등학생 때도,
대학생 때도, 그녀가 누군가에게 먼저 빠진
적은 없었다. 상대방의 구애에 대한 응답으로
시작되는 사랑. 그것은 패턴이었다. 그렇다고
은주가 사랑을 모르는 것은 아니었다. 먼저
남자 쪽에서 다정하게 애정을 표현하면
사랑에 빠지고 나중에는 은주가 애인을 더
많이 사랑하는 경우가 잦았다. 반면 동생인
은수는 언니인 은주와 반대였다. 은수 스스로
먼저 좋아하지 않으면 아무리 남들 눈에
괜찮은 남자가 적극적으로 구애를 해와도
연애로 이어지지 않았다. 은수는 뼈해장국을
먹음직스럽게 잘 발라 먹는다든지 하는

종잡을 수 없는 이유로 먼저 사랑에 빠졌다.

"왜 누나와 동생은 그렇게 다른 걸까요.
그런 건 타고나는 걸까요, 아니면 어릴 때
경험이 중요한 걸까요. 저는 상대가 먼저
다가와야지 불이 붙거든요, 우리 누나처럼.
그런데 아무래도 누군가 먼저 제게 다가오는
그런 일이…… 일어나는 게 쉽지 않죠."

그는 부끄러운 듯 웃었다. 나는 그에게
여자를 좋아하는 거냐고 물었고 그는
그렇다고 대답했다. 여자가 먼저 다가오기를
기다리는 수동적인 남자라니, 찌질하게
느껴졌다. 나는 한의 눈을 보며 말했다.

"그건 노력의 문제 아닐까요. 먼저
다가오기를 기다리는 건 노력하지 않겠다는
말로 들리는데요."

한동안 침묵이 흘렀다. 나는 순간
한의 얼굴에서 기대에 차올랐던 불씨가

사그라드는 듯한 표정을 읽었다. 그때
신호가 파란불로 바뀌었고, 이번에는 한이
"그럼 로마 잘 둘러보시고 가세요" 하고
옅게 웃으며 인사했다. 얼결에 나는 "오늘
덕분에 즐거웠어요" 하고 손을 흔들며
건널목을 건넜다. 도로를 건넌 나는 건너편을
돌아보았다. 한은 여전히 나를 지켜보고
있었다. 나는 한 번 더 팔을 휘저었다. 손을
들어 보이는 한의 표정이 자세히 보이지
않았다. 한의 그 실망한 표정이 마음에
걸렸다.

숙소로 돌아와 방문을 열었을 때,
얼음장처럼 차가운 공기에 깜짝 놀랐다. 방
안은 여느 유럽의 오래된 건물들처럼 냉기가
가득했고, 라디에이터는 작동하지 않는 것
같았다. 양말을 두 겹 신고 타이츠에 플리스,

그 위에 패딩을 겹쳐 입었다. 에어비앤비 주인아주머니가 미리 내준 숨이 막힐 정도로 두꺼운 이불을 덮어도 추위가 가시지 않았다. 이대로는 한숨도 잠을 못 이룰 것 같았다. 고민 끝에 나는 한에게 혹시 통화 가능하냐고 메시지를 보냈다. 이미 작별 인사를 나누고 마무리했는데, 어색한 상황이었다. 한은 놀라서 무슨 일이냐며 연락해왔다. 나는 영상 통화가 가능하냐고 물은 뒤 다시 걸었다. 잠시 후 핸드폰 화면에 뜬 그의 얼굴이 구세주라도 된 듯 반가웠다. 나는 후면 카메라가 화면에 나오도록 설정하고는 라디에이터 밸브를 돌려 보이며 말했다.

"정말 죄송한데 너무 추워서요. 이거 라디에이터가 작동하지 않는 것 같아요."

핸드폰 화면에 뜬—조금 딜레이가 있는—그의 얼굴이 골똘한 표정으로 말했다.

"맞게 돌렸는데요. 호스트한테는
연락해보셨어요?"

"주무시는지 전화 안 받더라고요.
깨우기도 좀 그렇고……."

"어쩌나, 전기장판 안 가지고 오셨어요?
제가 빌려드릴게요."

10분 뒤 한은 헤어졌던 건널목 앞에서
내게 전기장판을 전해주며 아침에 집 앞
카페에 맡겨두고 가면 된다고 말했다.
그러면서 카페에서 파는 피스타치오
코르네토를 꼭 맛보라고 추천해주었고,
나는 연신 고맙다고 했다. 한은 한동안 나를
바라보더니 입을 열었다.

"제 방에는 그네가 있어요."

"그네요?"

나는 그가 뜬금없이 왜 그런 말을 하는지
의아했다.

"제 방이 과거에 푸줏간 건물이었거든요."

"······."

또 한 번 천사가 지나갔다. 한은 무언가 하고 싶은 말이 있는데 망설이는 듯했다. 그가 아까 전 자신은 남성성이 부족하다고, 상대가 먼저 다가오길 바란다고 한 말이 떠올랐다. 나는 그가 입안에서 고르고 있을 어떤 말을 상상하며 기다렸다. 들어가서 차를 한잔하자고 권하거나, 자신의 방은 따뜻하다거나······. 그러나 그는 거기에서 멈추었다. 그의 숨소리가 들리는 듯했다. 무안할 정도로 한참 흐르는 정적을 참지 못하고 먼저 깬 것은 내 쪽이었다.

"한 씨의 피자를 못 먹고 가서 아쉽네요."

그러자 그는 정말 아쉽다는 듯 슬며시 웃었다.

"언젠가 기회가 있겠죠."

나는 인사를 하고 돌아섰다.

"그럼, 아리베데르치(Arrivedérci—안녕히)."

다음 날 아침 일찍 나는 한이 알려준
카페에 가서 전기장판을 맡기고, 피스타치오
코르네토와 함께 카푸치노를 주문했다.
지난밤엔 한이 빌려준 전기장판 덕분에
그나마 잠들 수 있었다. 따뜻한 커피를 마시자
몸이 녹는 기분이었다. 크루아상과 똑 닮은
코르네토를 베어 물었을 때, 엄청난 양의
초록색 피스타치오 크림이 쏟아졌다. 내 손에
한가득 묻은 크림을 보고 커피를 마시던
할아버지가 유쾌하게 웃었고, 바리스타도
웃으며 내게 휴지함을 건넸다. 나는 휴지로
닦기 전에 손에 가득 묻은 초록색 크림을 사진
찍어 한에게 보내고 메시지를 남겼다.

　　─부오니시모! 코르네토 정말

끝내주네요. 고마워요. 덕분에 꿀잠 잤어요.

　　일을 하는 중인지 한은 메시지를
확인하지 않았다. 잘 지내라는 답이
날아오겠지. 나폴리 중앙역으로 향하는
길은 고르게 포장되지 않은 울퉁불퉁한
돌바닥 탓에 캐리어를 끌기에 무척 힘이
들었다. 드르르륵 드르르륵. 이후에 잘
도착했다는 메시지 정도는 주고받겠지만
일상으로 돌아가면 남이 되어 연락할 일이
없어지리라는 것을 경험으로 알았다. 중앙역
주변에서는 소매치기를 경계하며 핸드폰과
가방을 품에 꼭 안고 걸었다. 역사 안에
들어서자 낙담한 표정의 사람들이 웅성거리고
있었다. 무슨 일이 있는 듯했다. 나는
사람들이 하는 영어 단어를 몇 개 알아들을
수 있었다. '트레인 스톱', '스트라이크'.
나폴리에서 로마로 가는 열차가 파업이라는

소식이었다. 나는 허탈하게 웃었다.

그리고…… 신이 났다.

"차오(Ciao—안녕)!"

내가 인사하자 핏제리아 안에서 준비하고
있던 한은 나를 알아보고는 놀란 얼굴이
되었다. 어떻게 된 거냐는 그의 물음에 나는
웃으며 열차 파업 소식을 전했다.

"사실 별로 로마에 가고 싶지 않았어요.
나폴리에 눌러앉아 피자나 실컷 먹으려고요."

로마까지 버스를 타고 갈 수도 있었지만
나는 이것을 나폴리에 남으라는 신호로
받아들였다. 이탈리아에 왔는데 의무처럼
로마를 가지 않는다는 것, 관성으로 남들과
같은 선택을 하지 않는다는 것에 속이
후련했다. 내가 원하는 것을 명확히 알고
그걸 선택했을 때 느끼는 드문 쾌감이었다.

나는 과거의 죽은 인간들이 남긴 유적을 보는 것보다는 살아 숨 쉬는 인간이 가진 경험을 동경했다.

내가 "배고파죽겠어요"라고 우는소리를 하자 한은 얼른 피자를 만들어주겠다며 주방에 들어갔다. 나는 그가 능숙한 손놀림으로 피자 만드는 모습을 지켜봤다. 그는 금세 만든 피자 반죽을 피자삽으로 화덕에 넣고 집중했다. 고온의 화덕 속에 들어간 피자는 1분 만에 먹음직스럽게 부풀어 올랐다. 나는 테이블에 앉아 한이 만들어준 마르게리타 피자를 허겁지겁 맛보고는 감탄했다. 신선한 토마토와 모차렐라 치즈, 올리브오일과 바질의 풍미가 입안에서 한가득 어우러졌고 도우는 얇은데도 무척 쫄깃했다.

"콜로세움도 바티칸도 포기할 가치가 있는 맛이네요."

그 말에 한이 웃으며 마르게리타 피자의 재료에 대해 예찬했다. 세계 최고 수준의 산 마르자노 토마토, 물소 젖으로 만든 신선한 부팔라 모차렐라 치즈, 그리고 향긋한 올리브오일과 바질. 이탈리아 요리 대부분이 심플하지만, 재료 본연의 맛을 살리는 방식이었다. 그는 피자가 원래 서민을 위한 음식이었는데 마르게리타 여왕이 맛있게 먹은 뒤로 나폴리 사람들이 자부심을 가지게 되었다고, 마르게리타 피자의 유래를 들려주었다. 피자 한 판을 금방 먹어치운 나를 보며 한은 흡족한 표정을 지었다. 나는 어제 한에게 배운 제스처대로 손을 휘휘 저었다.

"부오니시모!"

허기가 가신 나는 그에게 사과했다.

"어제 헤어질 때…… 제가 그렇게 말한 게 마음에 걸렸어요. 미안해요."

한은 의외라는 듯 놀란 표정이었다. 내가 '그렇게' 말한 게 어떤 말인지 구체적으로 지칭하지 않았지만 한은 알아들었다.

"그것 때문에 일부러 온 거예요?"

나는 말없이 고개를 끄덕였다. 나폴리를 떠나는 길에 돌부리에 자꾸만 걸리는 캐리어를 끌며 마음이 무거웠다. 그저 스쳐 지나가는 인연인데, 어차피 다시는 보지 않을 사람일 뿐인데도. 자신이 이해받을 수 있을까 주저하며 고민을 털어놓았는데 그건 정상이 아니라고 판단 내려지는 일은 나도 겪어본 일이었다. 그게 상처가 된다는 걸 잘 알고 있으면서도 나 또한 남에게 똑같이 했다는 사실이 부끄러웠다. 한이 말했다.

"사과할 필요 없어요. 선화 씨가 마음 써줘서 오히려 고맙네요."

많은 말을 하지 않아도 그와 눈빛으로

대화를 나눈 것 같았다. 그는 맑게 웃으며
덧붙였다.

"그럼 남은 날 동안 제가 나폴리 가이드
제대로 해줄게요."

아직 날씨가 쌀쌀한 4월 첫째 주 주말
부활절, 한은 쉬는 날이라며 나를 나폴리
곳곳의 명소로 데리고 다녔다. 매달 첫
번째 일요일은 이탈리아의 모든 박물관이
무료였다. 우리는 나폴리 고고학 박물관에
갔다. 거대한 조각상들이 셀 수 없이 많았고
대부분은 성기 부분이 훼손되어 있었다. 내가
"수많은 훼손된 고추들의 향연이네요"라고
감상 평을 하자 한이 웃었다. 우리는 화산재에
순식간에 뒤덮인 것으로 유명한 폼페이
사람들의 석고상 앞에 멈춰 섰다. 입을
벌린 채 팔을 뻗고 있는 고통스러운 표정이

생생했다. 한이 말했다.

"베수비오 화산이 폭발한 날, 북풍이
아닌 동풍이 불었다면 폼페이 대신 나폴리가
망했을 거라고 해요."

"실감이 안 나네요……. 언제 또 폭발할지
모르는 화산을 매일 보면서 나폴리 사람들은
무슨 생각을 했을까요."

"글쎄요. 피자 욜로?"

그의 농담에 웃음이 나왔다.

박물관을 나온 우리는 가장 오래된 주거
지역인 스파카 나폴리를 걸었다. 나폴리의
상징과도 같은 좁은 골목에는 건물과 건물
사이 연결된 줄에 빨랫감들이 주렁주렁 널려
있었다. 내 눈을 사로잡은 건 사방에 걸려
있는 나폴리 축구팀의 하늘색 유니폼이었다.
내가 말했다.

"나폴리 사람들은 하늘색을 참 좋아하는

것 같아요."

"그럼요. 아주로(Azzurro). 나폴리 바다와
하늘을 닮은 나폴리의 색이에요."

한이 애정을 담아 말했다. 나는
핸드폰으로 한이 스펠링을 알려준 'azzurro'를
검색해보았다.

'(하늘이나 바다 등의) 블루의, 하늘색의;
파란', '하늘색, 블루; 청색.'

순간 빠르게 달리는 오토바이가
위협적으로 좁은 골목을 지나갔고, 한이 내
몸을 낚아채듯 끌어당겼다. 순식간에 벌어진
일이었다. 갑작스러운 접촉에 우리는 잠시
어색해졌다가 너무나도 드라마의 클리셰
같은 상황에 동시에 웃었다. 우리가 제법
가까워졌다고 느꼈다.

"조심해야 돼요. 여기서는 핸드폰 보면서
걸으면 안 돼요."

한의 말이 끝나기 무섭게 또 한 대의
오토바이가 내 곁을 스치듯 지나갔다. 나는
매연에 인상을 찌푸렸다. 그때 거리에
널린 개똥과 지저분한 쓰레기들이 내 눈에
들어왔다. 확 짜증이 올라온 내가 말했다.

　　"오기 전에 다른 사람들이 나폴리가 아주
더럽고 위험하다고 했거든요."

　　"그런데 왜 많은 곳 중에 나폴리를
선택했어요?"

　　"글쎄요. 이전에는 안 해본 모험을 해보고
싶었달까."

　　"그러면 나폴리에 잘 왔네요. 변하고 싶은
사람들이 오는 곳에."

　　한이 미소 지어 보였다. 나도 너와 같은
것을 느끼고 있다고, 동질감을 갖는 사람이
보여주는 미소였다.

　　"그래서 와보니 어때요?"

"솔직히 나폴리가 왜 3대 미항인지 모르겠어요. 그렇게 아름다운 것 같진 않은데……."

"3대 맛집, 3대 미항 그런 건 일본에서 온 거래요. 자기네들이 최고라고 과장하고 싶은데 그건 민망해서, 일본인 특유의 겸양으로 다른 두 개를 덧붙였다고도 하고요. 그게 이제는 마케팅처럼 자리 잡은 거고."

"어쩐지. 영어로는 아무리 구글링 해봐도 안 나오더라고요."

"그럼에도 나폴리는 아름다워요."

한은 내게 나폴리가 왜 아름다운지 제대로 알려주겠다며 나폴리의 푸른 바다가 보이는 곳으로 나를 데리고 갔다. 해안가에 도착한 우리는 산타 루치아 거리를 걸었다. 저 멀리로 베수비오 화산이 마치 폼페이를 잊지 말라는 듯 선명하게 서 있었다. 나는 음악

시간에 배웠던 '산타 루치아' 노래를 조금은 자신 없게 흥얼거렸다.

"창공에 빛난 별 물 위에 어리어. 바람은 고요히 불어오누나."

"그 뒤에 가사도 알아요?"

한이 물었다.

"아뇨, 잘 기억이 안 나네요."

한은 난간에 두 팔을 걸치고 베수비오 화산과 바다를 바라보며 큰 목소리로 노래 불렀다.

"아름다운 동산 행복의 나폴리. 산천과 초목들 기다리누나. 내 배는 살같이 바다를 지난다. 산타 루치아 산타 루치아."

바닷바람이 기분 좋게 불어왔고 빛나는 태양에 바다는 윤슬로 가득 반짝였다. 나폴리의 바다는 아름다웠지만, 낙원 같은 열대 휴양지의 바다 같지는 않았다. 눈부신

모래사장도 없었고, 물 색깔 또한 물속이
투명하게 보이는 열대 휴양지의 바다처럼
맑고 깨끗해 보이진 않았다.

"어때요, 나폴리의 바다, 충분히
아름답지요?"

한의 물음에 나는 잘 모르겠다는 듯
애매하게 고개를 끄덕였다. 피자는 더할
나위 없이 맛있었지만, 누군가 나폴리가 정말
아름답냐고 묻는다면…… 여전히 대답이
주저되었다.

어느덧 나도 이탈리아 사람들처럼
아페리티보(식전주)를 마시고 늦은 저녁을
먹는 것에 익숙해졌다. 우리는 저녁을 먹기
전 스프리츠를 마시며 대학 시절 이야기를
나누었다. 한은 대학에 들어가서 사귄 친구인
지희에 대해 이야기했다.

가까운 동성 친구가 없으므로 지희는
한에게 가장 가까운 친구였다. 지희는 연애에
수동적이고 소극적인 한의 성적 지향을
의심하며 "너도 열린 마음으로 탐구해볼
필요가 있어"라고 말하곤 했다. 그럴 때마다
한이 "아니야. 아무래도 난 여자가 좋은데……"
라고 대답해도 그녀는 한이 자신의 정체성을
부정하는 것은 아닌지 다시 생각해보라고
했다. 한 자신조차 확신하지 못했고
혼란스러웠다. 자신이 그저 남들과 다르고
싶은 건 아닌지. 그래서 특별하고 싶은 건
아닌지.

이야기를 듣던 내가 한에게 물었다.

"남자를 만나고 싶다는 생각은 안
했어요?"

"앱에서 남자와 만남을 시도해본 적도
있는데…… 대화만 나누고 말았어요. 더

나아가고 싶다는 생각은 안 들었어요."

　한의 연인들은 그녀들의 무심했던 과거 남자친구들과 비교하면서 한의 섬세한 면을 칭찬했다. 그러나 동시에 그녀들은 적극적으로 리드하지 못하는 한의 성격을 못 견뎠다. 한에게 남성성이 부족하다고 했다. 한은 상대방의 기대를 충족시키기 위해 자신이 먼저 욕망하는 시늉을 해야 할 때마다, 초등학교 학예회 때 억지로 무대에 올라 자신에게 맞지 않는 역할을 연기하던 순간처럼 느껴지고 고통스러웠다. 그는 자신이 키스하는 순간에조차 몰입하지 못했다. 사실 한은 키스를 받고 싶었다. 한이 말했다.

　"그때 속으로 자주 중얼거렸어요. '내가 많은 걸 바라는 건지도 몰라. 이 정도에 만족하며 사는 게 맞는 건지도 몰라' 하고요."

한이 스스로 원하는 게 무엇인지 명확히 알게 된 건 그가 교통사고로 입원해 있었을 때였다. 병실에 누워 절망에 빠진 한에게 당시 사귄 지 얼마 되지 않은 여자친구 윤지가 찾아왔다. 윤지는 몸이 불편한 한에게 다가와 먼저 키스했다. 그때 한은 이전에 느껴본 적 없는 행복과 흥분을 느꼈다. 서른셋, 연인들과의 수많은 키스가 있었지만 그날, 그녀가 먼저 키스를 해왔을 때 자신이 어떻게 피어났던지. 한은 많은 게 명쾌해졌다. 나는 이렇게 누군가가 나를 욕망하는 걸 좋아하는 사람이구나. 이럴 때 살아 있다고 느끼는 사람이구나. 그날 밤 이후, 그는 더 이상 이전으로는 돌아가 자신이 원하는 것을 속이고 살 수 없었다.

"그런 것도 일종의 정체성이라고 할 수 있을까요?"

한은 상기된 얼굴로 말했다. 내가 자신을 어떻게 볼까 불안과 두려움을 품은 채였다.

"제가 노력하지 않은 건 아니에요. 계속 연기를 할 수 있지만, 제가 원하는 건 그게 아니라는 걸 알게 된 거죠."

그렇게 말하는 그는 단단해 보였고, 나는 자신이 원하는 것을 명확히 아는 그 모습이 부러웠다.

어느 날 지희는 대화를 나누던 중 한에게 "모든 사랑의 형태는 아름답고 존중받을 가치가 있어"라고 말했다. 그 말을 들은 한이 지희에게 자신의 고민을 고백하자, 지희에게서는 냉혹한 답이 돌아왔다.

"어쩔 수 없어. 수컷이 열렬히 구애해서 암컷에게 선택받는 거지. 나머지는 도태되는 거고. 그게 자연의 섭리잖아. 누구나 쉽지 않은데 다들 노력하는 거야."

타이르는 듯한 지희의 말에는 얼마간의
비난조가 섞여 있었다.

"너 생각해서 하는 말이야. 그런 태도면
결국 외로워질 거야."

"이상하죠. 지희는 분명 모든 사랑의
형태는 아름답다며 존중받을 가치가 있다고
했는데…… 제가 사실은 남자를 좋아한다고
커밍아웃했다면 지희는 제게 '자연의 섭리'
운운하지 않았을 거예요. 오히려 저의 편에
서서 누구보다도 저를 지지해줬겠죠."

한은 지희의 이야기를 떠올리며 쓸쓸한
표정을 지었다. 나는 먼저 키스하지 못하는,
키스하지 않는 남자를 상상해봤다. 그리고
뭐라 말하고 싶은 충동을 느꼈지만, 내가
과거에 혜나에게 들었던 목소리가 맘을
억누르게 만들었다. 그건 "그냥 받아들이고
살아. 왜 그리 유난이야"와 같은 말이었다.

이내 한이 미소 지으며 입을 열었다.

"그런데 난 알고 있어요. 미래에 그게
문제가 아닌 사람을 만나게 된다면, 제 문제는
아주 말끔하게 사라질 거라는 걸요."

나는 그가 가진 낙관에 놀랐다.

"아직 그런 사람을 만난 적 없는데, 어떻게
그런 사람이 있을 거라고 생각하죠?"

"다양한 사람들 중에 이런 제가
있으니까요. 분명히 있을 거예요. 우리는
모두가 고유한 개성을 지닌 우주라는 걸
알지만 때로는 서로를 단순화하잖아요. 저
역시도 다른 사람을 일반화하기도 하고요.
그런데 적어도 단 한 사람만큼은, 마음 맞는
짝만큼은 서로를 고유하게 보는 시간과
노력을 기울일 수 있지 않을까요?"

나는 고개를 끄덕였다. 한이 말을 이었다.

"어찌 되었든 제게는 두 가지 길이

있었어요. 제가 원하는 방식대로 저를
사랑해줄 사람이 나타나길, 그런 행운이
일어나길 평생 기다리는 것과 제가 어떤
사람인지를 세상에 적극적으로 알리는
것. 이탈리아 속담에 이런 말이 있거든요.
'기다림만으로 사는 사람은 굶어서 죽는다'."

"그래서 뭘 했나요?"

"우선 틴더, 범블, 힌지 같은 데이팅 앱을
깔았고요. 영어 공부를 열심히 했어요."

한이 웃었다. 한은 원하는 방식으로
사랑받기 위해 노력하고 있었다. 삶은 유한한
것이었고 계속 맞대어봐야 했다. 그는 데이팅
앱 프로필에 이렇게 적었다.

'만지는 것보다 만져지는 걸 좋아해요.
세상이 정한 성 역할이 아니라 둘만의 사랑이
하고 싶어요.'

나폴리의 마지막 밤이었다. 한은 핏제리아에서 바쁘게 일하고 있었다. 나는 그에게 나폴리에서의 모든 친절에 보답하고 싶다고, 그가 비싼 가격 때문에 매일 지나치며 구경만 했다던 해산물 레스토랑에 가자고 했다. 부담스럽다며 사양하는 그에게 나는 한번 기분 낼 정도는 된다고, 나도 여행의 마지막에 좋은 식당에 가고 싶다고 설득했다.

일을 마치고 온 한과 레스토랑에서 만났다. 우리는 안팎이 보이도록 투명한 천막이 쳐져 있는 야외 테이블에 앉아 해산물 파스타와 화이트 와인 한 병을 주문했다. 나는 한국에서라면 너무 튄다며 입지 않았을, 어깨가 드러나는 원피스를 입었다. 나폴리의 시장에서 산 레몬이 프린트된 15유로짜리 노란 원피스였다. 한은 "선화 씨를 위해 만들어진 옷 같아요"라며 진심으로 감탄했고,

나는 그 반응에 기분이 좋아졌다.

'뱃사람의 딸'이라는 이름의 레스토랑은
아주 인기 있는 곳인지 우리가 앉은 뒤 얼마
되지 않아 줄을 선 사람들로 바글거렸다. 한은
핏제리아에서 일을 마치고 집으로 향하는
길에 늘 이곳을 지나며 식사하는 사람들의
행복한 얼굴을 바라봤다고 했다.

"언제 여기에 와보나 싶었어요."

그는 감회가 새로운 듯 상기된 얼굴로
중얼거렸다.

레스토랑 입구에는 파란색 선원 제복을
입은 50대 여성이 무표정하게 서 있었다. 한은
아주 큰 귀걸이로 치장하고 진한 화장을 한 그
여자가 레스토랑의 사장, '뱃사람의 딸'이라고
알려주었다. 곧 나온 해산물 파스타는 내가
먹어본 파스타 중에 감칠맛이 최고였다. 한도
감탄한 얼굴이었다.

"이 좋은 데를 진작 좀 오지 왜 계속
미뤄뒀어요?"

"저는 선화 씨처럼 여행자가 아니라
여기서 생활하고 있으니까요."

한의 대답에 나는 고개를 끄덕였다.
나폴리에서 살고 있는 그조차도 자신에게
선물을 주는 기분으로, 매일 여행처럼 살지는
못한다는 사실이 묘하게 위안이 되었다.

나는 화이트 와인을 한 잔 마시고 기분이
무척 좋아졌다. 우리가 와인 잔을 비우자,
'뱃사람의 딸' 사장이 우리 테이블에 다가와
화이트 와인 한 잔을 서비스로 주며 한에게
영어로 물었다.

"네가 도대체 언제 여기 와서 식사하나
궁금했어. 맛이 어때?"

한은 손을 휘저으며 "부오니시모!"라고
말했다. 행복해하는 한의 표정을 보니 나도

덩달아 기분이 좋아졌고, 맛있는 걸 먹는 사람을 보는 게 진짜 행복이라던 한의 마음이 이해됐다.

우리는 와인 한 병을 거의 비우고 기분 좋게 취했다. 한이 눈을 빛내며 말했다.

"제 꿈은요. 짝을 만나는 거예요. 나중에 함께 핏제리아를 운영하고 싶어요."

한은 나에게 연애와 결혼에 대한 생각이 없냐고 물었다. 나는 당분간 나에게 집중하고 싶었고, 연애에 대한 생각은 없었다.

"남들이 타는 열차에 나도 타야 한다는 생각에 쫓기듯이 하고 싶지는 않아요. 확신이 없는 사람과 결혼해 사느니 확신이 드는 사람을 만날 때까지 혼자인 편이 나은 것 같고요."

한이 동의한다는 듯 건배를 하자고 잔을 들었다. 건배에 얽힌 이탈리아의 미신을 기억한 나는 한과 눈동자를 바라보며 "친친!"
하고 잔을 부딪쳤다.

식사를 마친 후 한은 메뉴를 펼쳐보며
디저트와 커피를 마시겠느냐고 물었다.

"그네를 구경시켜 줄래요?"

내가 묻자 한은 한동안 내 눈을 물끄러미
바라보았다.

"그럴래요? 제가 커피를 내려줄게요."

한의 집으로 향하며 한에게 이탈리아어로
커피 주문하는 말을 배웠다.

"운 카페 페르 파보레(Un caffè, per
favore—에스프레소 한 잔 주세요)."

우리는 왜 커피는 남성명사여서
'운(un)'이고 피자는 여성명사여서
'우나(una)'라고 해야 하는지 알 수 없다고
이야기했다. 한이 살고 있는 아파트는 건물

바깥의 커다란 철문을 열쇠로 열고 들어가서
그 안에 있는 많은 집 중 하나였다. 계단을
오르면서 가슴이 두근거렸다. 여러 생각이
오갔지만 그에 대한 신뢰가 있었다.

"실례합니다" 하고 한이 열어준 현관에
들어서자, 벽이 온통 하늘색으로 가득한
방이 펼쳐졌다. 낡은 방이 삭막해서 집주인의
허락을 맡아 한이 직접 하늘색으로 칠했고,
집주인은 나폴리의 색으로 칠하는 것을
아주 반겼다고 했다. 한은 밤인데 커피가
괜찮겠냐고 묻고는 모카포트에 커피를 올리고
물을 끓였다. 방 안을 둘러보자 한의 말대로
과거에 푸줏간이었다는 흔적을 찾아볼 수
있었다. 천장에 고기를 걸어두었던 고리들이
박혀 있었고, 거기에는 빨간 해먹이 달려
있었다. 내가 스스럼없이 그네에 몸을 올리며
물었다.

"이게 말했던 그네군요. 푸줏간이었던 곳에서 자면 무섭진 않아요? 이상한 꿈을 꾼다거나."

그네에 털썩 기대어 누운 나는 몸을 늘어트리고 흔들거렸다. 그 모습을 보고 한이 작게 실소했다.

"허락을 구하지도 않네요."

나는 대답 대신 생글 웃었다.

"이건 그네라고 불러야 하나요? 해먹이라고 불러야 하나요?"

"그 중간쯤? 뭐라고 부르는 게 중요한가요? 선화 씨가 주인인 저보다도 사용법을 잘 알고 있네요."

"마음에 들어요. 이 방."

나는 방을 천천히 둘러보았다. 한은 초조한 표정으로 나를 바라보았다.

"선화 씨는 저를 믿어요?"

나는 물끄러미 그를 바라보았다.

"그럼 저를 집에 초대하기 위해서 그렇게
열심히 거짓말을 했어요?"

우리의 눈이 마주쳤다. 한이 내 입술을
바라봤다. 나는 기다렸다. 한은 망설이고
있었다. 그가 내게 고백했던 말들이
머릿속에서 다시 재생되었다. 저는 상대가
먼저 다가와야 불이 붙거든요. 나는 그가
기다리고 있다는 것을 알았다. 내가 일어나서
그에게 다가가 키스해주기를. 이런 상황이
익숙하지 않은 내게 그런 자각은 생소했다.
나는 한과의 미래를 떠올렸고, 그 순간 우리
관계의 주도권이 온전히 내게 달린 듯한 느낌,
앞으로 펼쳐질 인생의 방향키가 내게 주어진
듯한 느낌을 받았다. 한은 나폴리에서 피자를
만들 것이고, 나는 한국에 돌아가 회사에
출근할 것이고, 이후에는 영어권 국가에 가서

살 계획이었다…….

천사가 수십 번은 지나갔다. 그때 정적을
깨고 모카포트에서 물이 끓는 소리가 났다.
한은 끓는 물에 덴 것처럼 자리에서 벌떡
일어나 커피를 가지러 갔다. 이후로는 그런
긴장이 감도는 순간은 찾아오지 않았다.
우리는 커피를 한 모금 마신 후 내가 한국의
일상으로 돌아가서 맞이할 것들에 대해
이야기 나눴다. 심장이 뛰는 게 느껴졌다.

"역시 밤에 커피는 마시는 게 아니었어요."
내가 말했다.

"칼로리와 카페인은 반드시 복수한다."
한이 웃었다.

"마지막 밤에 무얼 하면 좋을까요?"
내 물음에 한은 곰곰이 생각하더니
말했다.

"산텔모 성 전망대에 올라 야경을 보는 건 어때요?"

구글 맵을 보니 산텔모 성 전망대에 오를 수 있는 케이블카인 푸니쿨라는 오후 10시가 마지막이었다. 이미 늦은 시간이었다. 한은 집주인 아저씨에게 베스파를 빌릴 수 있다고 했다. 나는 그렇게까지 안 해도 괜찮다고 말했지만 한은 내게 나폴리 야경을 꼭 보여주고 싶다며 자리에서 일어났다.

그가 빌려온 베스파의 색깔을 보고 나는 웃고야 말았다. '아주로'였다. 나폴리 사람들의 하늘색 사랑은 정말 대단했다. 나를 뒷좌석에 태운 하늘색 베스파는 나폴리의 비좁은 골목을 내달렸다. 길이 위태롭고 조마조마해 한의 허리를 꽉 잡아야 했다. 이제 베스파는 오르막길을 오르기 시작했다. 생전 해보지 않던 짓, 어찌 될지 모르는 미친 짓을 저지르는 기분이었다. 설마 오를 수 있을까, 했던 내 걱정과 달리 베스파는 힘 좋게 언덕을 올랐다.

산텔모 성 전망대에 도착하자 연인들이 난간에 걸터앉아 야경을 보고 있었다. 모든 사람들이 입을 맞추고 사랑을 속삭이는 듯했다. 전망대에서는 나폴리 시내 전체가 내려다보였고 주황색 불빛들이 반짝이며 일렁였다. 어둠 속에서 베수비오 화산이 그 실루엣을 어렴풋이 드러내고 있었다. 한이 내게 말했다.

"지나고서 돌아보면 모든 게 신기하죠. 5년 전, 교통사고를 겪기 전의 저에게 누가 5년 뒤에 나폴리에서 피자를 만들고 있을 거라고 말했다면 결코 믿지 않았을 거예요."

"5년 전의 나…… 스물여섯의 나는 서른한 살의 내 삶이 이렇게 막막하고 재미없을 거라고 믿지 않았을 거예요."

"선화 씨도 미래의 관점에서 생각해보세요. 지금은 고민이 많지만 5년 뒤엔 웃으며 그땐 그랬지, 할 거예요."

"그렇게 될까요……."

"저는 미래에서 보내는 신호라는 게 있는 것 같아요."

"신호요?"

"엄청 행복할 때 과거에 내가 어떻게 그런 좋은 선택을 했지? 참 잘했다는 생각이 들 때가 있잖아요. 그런 때 어쩌면 미래의 내가 과거의 나한테 신호를 보내는 걸 수도 있어요. 논리적으로 설명할 수 없는 예감 같은 게 들 때요."

"……."

"선화 씨가 저한테 미래 요식업계의 거물 이야기를 한 것처럼, 지금 걱정하는 게 모두 지나가고 모든 게 다 잘된 미래의 선화 씨를 상상해보세요."

　미래에서의 내가 지금의 나를 보면 어떻게 보일까. 지금의 나는 내게 불만족하고 있는 사람, 한 번도 경로에서 이탈하지 않고 살아왔지만 내가 원하는 게 뭔지도 잘 모른 채 길을 잃은 사람이었다. 반면 한은 자기가 원하는 것을 명확히 알고 있는 듯했다. 자기 정체성을 찾기 위해 노력했고, 미래를 낙관했다. 나는 그를 닮고 싶었다.

　"외국으로 떠나고 싶은 게 그저 도피가 아닌지 확신이 안 서요……."

　내가 정말로 무엇을 바라는지 아는 건 쉽지 않았다. 나는 외국으로 떠나고 싶다고 노래를 부르면서도 한편으로는 떠나는 걸 차일피일 미루고 있었다. 평생 남들과 비교하고 평균의 삶에 집착하며 사는 한국에서의 삶이 갑갑하다고 투덜댔지만, 실은 평균 안에 들었다는 안도감을 느끼는 건지도 몰랐다.

"도피가 어때서요? 필요하면 도피도 하는 거죠. 생각과 다르면 돌아오면 되고요."

"……."

"어떤 계기로든 삶이 변하는 사람들은, 애초에 삶을 변화시키고 싶어서 레이더를 곤두세우고 있기 때문에 가능한 것 같아요. 선화 씨는 애쓰고 있으니까, 선화 씨 하고 싶은 대로 하면 돼요."

그가 가진 낙관을 나도 갖고 싶었다. 다른 누가 아니라 나폴리에 혼자 넘어와 피자를 배우고 있는 한이 하는 말이라서 그 말이 효과가 있었다.

"신기해요. 친한 친구도, 가족도 이해 못 하는 저를 한 씨가 이해해준다는 게요."

그가 피식 웃었다.

"서로에게 기대가 없으니까 듣기 좋은 말만 해줄 수 있는 거겠죠."

한의 말처럼 삶의 여정에서 스쳐 지나가는 인연이기 때문에 가능한 것인지도 몰랐다. 그저 축복만을 바라줄 수 있는 거리감의 존재라서, 한국에서라면 베풀지 않았을지도 모르는 관대한 친절과 호의를 주고받은 것일지도. 그는 내게 결코 유난이라고 말하지 않았다. 그가 내게 해준 말들이 여행지에서의 인연이라 가능한 것일지언정 내게는 그런 지지의 말이 정말 필요했다.

"포르자 나폴리!(Forza Napoli—파이팅, 나폴리!)"

갑자기 어떤 남자의 외침이 들려왔다. 그러더니 나폴리 사람들이 삼삼오오 모여 함께 노래를 부르기 시작했다.

"나폴리 나폴리 나폴리 포르자 나폴리
나폴리 나폴리."

쉬운 멜로디의 흥겨운 응원가였다. 한도
그 노래를 아는지 흥얼거리며 따라 불렀다.
동양인이 나폴리 노래를 따라 부르자 그들은
신기해하며 우리 주변에 다가와 원을 만들고
같이 노래를 불렀다. 나는 나폴리 사람들
사이에서 노래 부르는 한을 바라보며 웃었다.
한은 아주 자유로워 보였다. 나도 그렇게 되고
싶었다. 순간, 나는 한과 나폴리 사람들이
그리고 있는 원 안으로 뛰어들었다. 그리고
익숙해진 노래를 나도 함께 따라 불렀다.

"나폴리 나폴리 나폴리 포르자 나폴리
나폴리 나폴리."

한껏 흥이 오른 우리는 지금 이곳에서
구분이 사라지고 있었다. 한국인, 이탈리아인,

동양인, 서양인, 여자, 남자. 모든 틀에 갇히지 않고 벗어던진 자유로운 해방감을 느꼈다. 한바탕 노래를 끝마친 뒤 내가 환호했다.

"아, 나폴리! 정말 잊지 못할 거예요."

나는 나폴리 야경을 마지막으로 두 눈에 담았다.

"누가 뭐라고 해도 자기 고장을 자부심 넘치게 사랑하는 나폴리 사람들, 그게 나폴리가 아름다운 이유일지도 몰라요. 저도 여기서 지내면서 그 태도를 조금은 배운 것 같아요."

한이 그 말을 마친 순간, 나는 내가 바라는 것이 무엇인지 알아차렸다. 나는 늘 타인을 동경하고 나로부터 벗어나고 싶었는데, 실은 그게 아니라 제발 나 자신을 사랑하고 싶었던 거였다.

그때 도시 곳곳에서 폭죽이 터지는

소리가 들려왔다. 멀리 북쪽의 달동네에서도, 남쪽의 해안가 쪽에서도 아주 작게 피어오르는 폭죽이 보였다. 한은 "마약이 도착했나 봐요" 하고 웃었다. 웃는 한의 얼굴을 보다가 갑자기 눈물이 흘렀다. 눈물이 터져 나왔다. 자기 삶을 사랑하는 게 왜 이렇게 어려운 것인지. 우리는 왜 남들의 인정을 받아야지만 겨우 스스로를 사랑할 수 있는 것처럼 구는 것인지. 일렁이는 나폴리의 야경이 마치 신기루처럼 보였고 허공에서 사라져버리는 폭죽 또한 신기루 같았다. 한은 내가 원 없이 울게 내버려두었다. 섣부르게 눈물을 닦아주려고 하거나 휴지를 건네지도 않고 그저 말없이 지켜보았다. 날 위한 배려였다. 나도 많이 운 적이 있어요, 실컷 우세요, 라고 말하는 듯한 눈빛. 내가 어떻게 알게 된 지 며칠밖에 되지 않은 낯선 남자

앞에서 두 눈을 마주 보고 부끄러움 없이 울
수 있는 것인지 신기했다.

　다 울고 나자 뭔가 풀리는 기분이었다.
나도 한에게 좋은 말을, 그를 응원하는 말을
해주고 싶었다.

　"한 씨에게 잘 맞는 짝을 찾는 일,
포기하지 말아요."

　한은 웃으며 고개를 끄덕였다. 한이 가진
낙관이 온전히 지켜졌으면 하는 마음이 가득
차올랐다. 한이 나를 그저 외국 병에 걸려
유난 떠는 사람으로 치부하지 않은 것처럼,
나는 그를 더는 찌질한 남자로 치부하지
않았다. 한이 내게 말해준 것처럼 나는 미래의
관점으로 말했다.

　"한 씨는 핏제리아도 열 거고 짝을 만나서
행복할 거예요. 한 씨가 교통사고로 병원
생활을 하고, 완치된 후에 나폴리에 가고,

그곳에서 비로소 짝을 만난다고 하면 그것을
믿을 수 있을까요?"

한은 기분 좋게 웃었다. 우리는 악수하며
담백하게 작별 인사를 나눴다. 서로가 같은
말로 감사를 표현했다.

"그라치에 밀레(Gràzie mille—정말
고마워요)."

❖

한의 소식을 알게 된 건 그로부터 6년이
지난 후였다. 내가 서울로 돌아온 이후 우리는
국제 우편으로 편지를 한 통씩 써 보낸 뒤로는
연락이 뜸해지더니 더는 하지 않게 되었다.
한국에 돌아온 나는 한동안 화덕 피자집을
다니면서 한을 떠올렸고 해가 바뀌자 거의
잊은 채로 지냈다. 그리고 얼마 전 SNS에서

우연히 그 피자집의 소식을 접했다.

'사장님 도대체 왜 김포 구석에서 이런 수준급의 화덕 피자를 하고 있는 건지요. 한입 베어 물면 입안에 바로 나폴리가 펼쳐짐(나폴리안 가봄). 사장님이 나폴리 현지에서 7년간 피자 만들다 오셨다고 함. 사장님 부부가 피자에 진심임.'

내가 한을 떠올린 건 자연스러운 일이었고, 유독 주목하게 만든 것은 '사장님 부부가'라는 문장이었다. 짝을 만났구나. 그가 결혼한 사람이 이탈리아인인지 한국인인지 혹은 다른 어느 나라의 사람인지 궁금했다. 나는 꽃이라도 사 들고 가서 진심으로 축하해주고 싶었다.

6년이 흐르는 동안 나는 삶이 다른

국면을 맞이하고, 그토록 갈망하던 게 다른

것으로 바뀔 수도 있다는 사실을 알게 되었다.

나폴리에 다녀온 뒤 용기가 생긴 나는

결국 캐나다에 가 2년을 살고 돌아왔는데,

그곳에서 주재원으로 일하고 있는 남자와

만나 연애하다 한국에 돌아와 결혼하리라고는

상상하지 못했다. 지금의 남편과는 밴쿠버의

한 다이너에서 데이트 도중 서로가 다녀온

이탈리아 여행 이야기를 하며 가까워졌다.

대화를 나누는데 왠지 편안한 기분이 들었다.

그와 함께하는 미래가 그려졌고 나는

미래에서 보내는 신호라는 것을 예감했다.

　　앞으로 내가 쭉 한국 땅에서 나이를

먹고 살다 갈 가능성이 크다는 것을 알고

있다. 남편과 나는 우리가 낳을 아이에 대해

이야기하곤 한다. 남편은 "우리의 아이를

서른이 넘어서도 시험 보는 꿈으로 식은땀에

젖어 깨는 사람으로 자라게 하고 싶지는
않아"라며 한국의 교육 문제에 관해 성토했다.
하지만 남편도 나도 이민에 대한 구체적인
계획이 있지는 않다. 더는 외국 생활을
그때처럼 갈망하지 않는다.

　　지금도 남편이 잠들어 있는 숨소리를
당연한 것처럼 듣고 있으면 문득 놀라운
일이라고 여겨질 때가 있다. 남편과 연애하던
시절 가끔 이탈리안 레스토랑이나 화덕
피자집을 갈 때마다 나폴리에서 피자 좀
먹어본 티를 냈다. 역시 재료 문제인가, 그
맛이 안 나네, 언제 자기를 나폴리에 데리고
가야 하는데, 하면서. 남편도 이탈리아를
여행했지만 나폴리에는 가보지 않았다.
내 유럽 여행기를 들은 남편은 로마 아웃
비행기를 탔는데도 어떻게 콜로세움과
바티칸을 가지 않았느냐고 의아해했다.

그렇게 남편에게 나폴리 이야기를 하던 날,
한에 대해서도 이야기했다. 그때 로마에
가지 않고 나폴리에 머무르기로 한 선택이
아니었다면, 한과 대화를 나누지 않았다면,
내가 결국 캐나다에 가지 않았을지도
모르고, 그러면 우리가 만나지 못했을지도
모른다고. 남편은 "그 사람한테 진심으로
감사해야겠네!"라고 말했고, 한이 만든 나폴리
피자를 맛보고 싶어 했다.

리뷰를 보니 한의 핏제리아는 다른
지역에서 찾아올 만큼 맛집으로 인기를 끌고
있었다. 핏제리아의 내부 사진은 일부러
자세히 보지 않았다. 직접 가서 두 눈으로
확인하고 싶었다. 남편과 함께 김포에 찾아간
건 햇살이 좋은 평일의 늦은 오후였다.
근처의 꽃집에 가서 주인에게 파란 꽃을
부탁하니 하늘색 수국으로 작은 꽃다발을

만들어주었다.

핏제리아의 간판은 아말피식 세라믹 타일에 손으로 쓴 파란색 알파벳이 한 글자씩 채워져 있었다. '핏제리아 아주라(PIZZERIA AZZURRA).' 가게 안으로 들어가자 입구에서부터 이탈리아어가 적힌 밀가루 포대가 한가득 쌓여 있었다. 내부 인테리어는 나폴리를 그대로 옮긴 듯 꾸며놓았는데 나폴리에서 흔하게 볼 수 있는 빨간 뿔과 풀치넬라 인형, 마라도나 사진, 나폴리 축구팀의 하늘색 유니폼도 걸려 있었다. 테이블에 앉아 메뉴를 펼쳐보니 페로니 맥주와 스프리츠, 리몬첼로도 팔고 있었다. 남편이 내게 물었다.

"피자 한 판이랑 뭐 시키지?"

"마르게리타, 물어볼 것도 없이 한 명당 한 판이야."

나는 한의 반려자로 보이는 여성을
바라봤다. 차분해 보이는 인상의
한국인이었다. 어디서 어떻게 만났을까.
그녀는 한에게 먼저 키스를 했을까. 내 시선을
느꼈는지 그녀가 주문을 받기 위해 우리에게
다가왔다. 나는 그녀에게 인사를 건넸다.

"안녕하세요. 피자이올로가 한
사장님이신가요?"

"네, 남편을 어떻게 아세요?"

그녀가 놀라서 되물었다.

"나폴리에서 같이 피자를 먹은 적이
있어요."

나는 미소를 지었다. 그녀는 고개를
끄덕였다. 한이 그녀에게 내 이야기를
했을까? 그녀는 한이 안에서 피자를 만드느라
바쁘다고 했다. 나는 주문을 한 뒤 화장실에
다녀오며 흘긋 주방 안쪽을 바라보았다.

피자를 만들고 있는 한이 보였다. 그가 화덕에 피자삽으로 피자 반죽을 넣은 뒤 빼는 모습을 지켜봤다. 한은 세월이 비껴간 듯 그대로였다. 내가 인사했다.

"차오."

고개를 돌린 한은 나를 알아보고는 놀랐다. 6년 전 로마로 떠난 줄 알았던 내가 그가 일하는 핏제리아에 깜짝 방문을 했을 때와 똑같은 표정으로. 강렬한 기시감과 함께 과거의 시간이 겹쳐지는 듯했다. 그는 반가운 얼굴로 환하게 웃으며 물었다.

"잘 지냈어요?"

"잘 지냈죠."

그는 바빠서 미안하다고 했다. 나는 신경 쓰지 말라고 하고는 테이블로 돌아갔다. 테이블로 가 남편의 맞은편에 앉으면서, 내가 그때 온통 하늘색으로 가득했던 한의

방에서 어렴풋이 느꼈던 것이 무엇인지
가늠해보았다. 나는 그때 그가 내 키스를
원했을 거라고 확신했다. 내가 그에게
가서 키스를 했다면 그의 표현대로 그가
피어났을까. 그랬다면 내 삶의 경로는 어떻게
흘러갔을까. 한순간의 선택이 삶을 어떻게
바꾸는가를 생각하면 지금도 종종 놀라곤
한다. 한은 나와 남편이 앉은 테이블로 직접
피자를 가져다주었다.

　나는 한에게 하늘색 꽃다발을 건네며
말했다.

　"포기하지 않았네요."

　아주로. 나폴리의 바다를 닮은 하늘색.
한은 기뻐하면서도 꽃을 받아도 되는
것인지 잠시 남편의 눈치를 봤다. 나는
웃으며 괜찮다고 고개를 끄덕였다. 모든 게
제자리에 있는 느낌이 들었다. 숨기지 않고

전부 이야기할 수 있는 남편과 함께 한의
핏제리아를 찾았다는 게 좋았다. 여전히 다른
삶의 고민들이 산재해 있지만 한과 나는
달라져 있었다. 삶에서 때로는 지켜지는
약속도 있고 이뤄지는 예언도 있다는 사실이
행복했다.

나는 남편과 한의 아내를 향해 말했다.

"우리가 나폴리에서 만났을 때 신세 많이
졌었어요."

소리 내어 '나폴리' 하고 발음하자
나폴리에서 보낸 시간들이 생생히 떠올랐다.
한은 흐뭇한 웃음을 지어 보였다.

"뭘요, 어서 먹어요."

한이 만든 마르게리타 피자를 베어
물었을 때, 우리가 처음 만났던 그날 나폴리의
뒷골목으로 돌아간 듯했다. 모험을 하는
것처럼 설렘 가득하던 밤. 그날 어쩌면 나는

미래에서 불어오는 바람을 느낀 건지도
몰랐다. 완벽하게 느껴지는 지금 이 행복한
감정을 느끼려고. 함께 피자를 먹었던 예비
복학생과 교환학생, 여행지에서 마주쳤던
그들은 지금 어디에서 어떻게 살아가고
있을까. 피자를 맛본 남편은 눈이 커진 채
행복한 얼굴로 나를 바라봤다. 역시, 맛있지.
나는 피자를 한입 더 베어 물고 입안에 가득
퍼지는 풍미를 음미하고는 손을 휘저으며
말했다.

"부오니시모!"

작가의 말

　지난봄(2023년)에 3개월간 이탈리아 나폴리에 머물렀습니다.˙ 나폴리는 저에게 '마침내 찾은 마음껏 사랑할 수 있는 대상'이었습니다. 그 경험은 삶이 여전히 놀라운 것이라고 말해주는 듯했고, 저는 이전보다 조금은 낙관을 가지게 되었습니다.

●　자세한 이야기는 에세이 《나의 파란, 나폴리》에 적었습니다. 작가의 생활이 소설에 어떻게 반영되는지 《부오니시모, 나폴리》와 나란히 읽어보시기를 추천합니다.

지난 5년간 어떤 시기를 통과한 것 같습니다. 때로는 빛이 보이지 않는 터널처럼, 때로는 급류처럼 느껴지는 한 시기를요. 그 힘든 시기에 글쓰기를 하며 보냈고, 그럴 수 있었던 것은 누군가 읽어주는 사람이 있다는 사실 때문이었습니다. 새삼 독자분들에게 무척 감사한 마음을 느낍니다.

이전에 〈네모가 되기를 빌고 빈 세모〉라는 산문에 이런 문장을 쓴 적이 있습니다. "일상에서 얼굴을 알고 지내는데 내 글을 전혀 읽지 않는 지인들보다, 제 문장을 읽는 이름 모를 독자분들이 훨씬 더 가깝게 느껴진다"라고요. 그 말은 진심입니다.

독자분들과 둘러앉아 피자를 먹는 상상을 합니다. 아주 맛있는 나폴리 피자를요.

저는 분명 점잖은 척하지 못하고 들떠서
부오니시모, 부오니시모, 할 것 같아요.

독자분들과 함께, 제가 앞으로 쓰는
소설이 변해가는 걸 지켜보고 싶습니다.
그러면 또 다음을 기약하겠습니다.
아리베데르치(Arrivedérci)!

2024년 가을
정대건

정대건 작가 인터뷰

Q. 최근 나폴리 체류기를 담은 에세이 《나의 파란, 나폴리》를 출간하셨는데요, 이번 소설 역시 나폴리를 배경으로 한 소설입니다. 작가의 말에서도 "마침내 찾은 마음껏 사랑할 수 있는 대상"(86쪽)이라고 하셨는데, 나폴리의 어떤 점에 매력을 느끼셨을까요?

A. 나폴리와 사랑에 빠진 것은 나폴리에서 만난—제게 호의를 베풀어준—사람들 덕분이죠. 소설에서 한이 말한 것처럼 누가 뭐라고 해도 자신들의 고장을 열렬히 사랑하는 태도에서 영향을 받기도 했고요. 나폴리는 무척 혼란스러운 곳이에요. 맛있는 음식이 즐비한 도시이기도 하고 거의 변하지 않은 과거를 간직하고 있는 곳이기도 합니다. 이러한 특성들이 제게는 상징적인 대명사가 된 것인데요. 저에게는 마음껏 그리워할

대상이 필요했던 것 같아요. 좀 더 어릴 때는 그런 대상을 사람에게서 찾았었죠. 그러나 사람과의 관계는 변하기 마련이고, 그래서 더는 변하지 않는 과거를 그리워하곤 했어요. 나폴리는 멀리 떨어져 있으면서도 변치 않는 곳이기에 행복한 그리움을 느낍니다.

Q. 주인공 '한'은 20대 후반 교통사고를 크게 당한 후 남은 인생이 너무 짧게 느껴져 피자나 실컷 먹겠다는 생각에 나폴리로 떠나고, 사람들이 피자를 맛있게 먹는 표정, 그 단순한 행복을 보는 게 좋아 피자이올로(피자 장인)가 되려고 합니다. 작품을 읽는 내내 피자 생각이 떠나지를 않았어요. 작가님과도 메일로 서로 피자 맛집을 추천하곤 했는데요, 작가님께서 드신 피자 중 최고의 피자는 무엇인가요? 그리고

혹시 파인애플 피자도 좋아하시나요?

A. 나폴리에 도착한 바로 다음 날 먹은 마르게리타 피자였어요. 과연 나폴리 피자는 어떤 맛일까. 뭐가 다를까. 기대를 많이 하면 실망하는 법이잖아요. 그런데도 놀라서 눈이 커졌고 감탄했어요. 먹으면서 제가 좋아하는 사람들의 얼굴이 떠올랐고 언젠가 나폴리에 함께 와서 맛보여주고 싶더라고요. 파인애플 피자는 다른 피자들보다 뒷순위에 있지만 그래도 맛있게 먹는 편인 것 같습니다.

Q. '한'처럼 여기를 떠나 낯선 곳에서 완전히 새로운 인생을 시작할 수 있다면, 무엇을 하고 싶으세요?

A. 저는 여태껏 꽤 방황을 한 편이라 이제

그다지 새로운 인생에 대한 동경은 적지만요.
무언가를 만드는 기술을 배우고 싶네요. 그게
요리이든, 목공 같은 기술이든지요. 그 기술로
어디에서도 생존할 수 있다는 자신감이
저에게 필요한 것 같아요.

Q. 《부오니시모, 나폴리》는 한순간의
선택이 삶을 어떻게 바꾸는지에 관한
이야기입니다. 작가님의 삶을 바꾼 결정적인
순간은 언제인가요?

A. 시기적으로 가깝게는 나폴리로
떠나는 레지던스 신청을 했던 순간, 멀게는
첫 다큐멘터리의 제작 지원 면접 때 랩을
한 순간 등 여러 장면이 떠오르지만요.
이 모든 것에 영향을 준 결정적인 순간은
군 생활을 의무 소방에서 하기로 한 선택

같아요. 저는 원래 안정을 추구하고 계획되어 있는 것을 좋아하는 사람인데요. 그런 제가 그와는 정반대인 창작자의 길에 도전하게 된 것에는 소방서 구조대에서 보낸 2년이 크기 때문이에요. 2년 동안 많은 사건 사고를 경험했고, 해보고 싶은 것을 도전하자고 용기를 내게 되었거든요.

Q. "한 번도 경로에서 이탈하지 않고 살아왔지만 내가 원하는 게 뭔지도 잘 모른 채 길을 잃은"(68쪽) '선화'는 '한'을 만나 "모든 틀에 갇히지 않고 벗어던진 자유로운 해방감"(72쪽)을 느낍니다. "생전 해보지 않던 짓, 어찌될지 모르는 미친 짓을 저지르는 기분"(65~66쪽)을 느끼며 '한'과 함께 나폴리 야경을 보러 갑니다. 작가님 인생에 가장 미친 짓은 무엇인가요? 합법적이고 공개 가능한

선에서 말씀 부탁드립니다.

    A. 소설 속 선화처럼 해방감을 느끼는
미친 짓, 일탈과는 조금 다른 맥락이지만
'미친 짓'이라고 하면 떠오르는 기억이 있어요.
제가 아주 어릴 때 아파트 베란다에서 종이를
태웠는데 창밖에 버리듯이 던진 적이 있어요.
아파트 고층에서 불씨가 날아다녔으니 밖에서
본 사람이 얼마나 무서웠겠어요? 다행히,
정말 다행히 아무 일도 벌어지지 않았지만
지금 생각하면 너무나 부주의하고 아찔하고
무시무시한 미친 짓이었네요.

    Q. "엄청 행복할 때 과거에 내가 어떻게
그렇게 좋은 선택을 했지? 참 잘했다는
생각이 들 때가 있잖아요. 그런 때 어쩌면
미래의 내가 과거의 나한테 신호를 보내는

걸 수도 있어요. 논리적으로 설명할 수 없는
예감 같은 게 들 때요."(67쪽) 지금의 작가님이
과거의 작가님에게 신호를 보낼 수 있다면
언제로 돌아가고 싶으세요?

A. 후회를 잘하는 성격이기에 모든
선택의 순간에 미래에서 신호를 보내고
싶었는데요. 요즘은 잘못된 선택이었다고
생각했던 것들도 다 과정이었고 모든 것이
제자리를 찾은 느낌이어서요. 돌아가고
싶다는 생각을 잘 하지 않는 것 같아요.

Q. "저는 상대가 먼저 다가와야지
불이 붙거든요"(31쪽)라고 고백하는 '한'은
여자가 먼저 다가오기를 기다리는 수동적인
남자입니다. '선화'는 마침내 '한'의 방으로
찾아갑니다. "나는 그가 기다리고 있다는

것을 알았다. 내가 일어나서 그에게 다가가 키스해주기를."(63쪽) 많은 독자분들이 아마 이 장면에서 복장이 타들어갔을 텐데요, 독자들이 애타게 기다리는 어떤 장면, 혹은 어떤 말을 '쓰지 않음으로써' 독자들의 애간장을 녹이는 데 탁월함이 느껴졌습니다. 이 질문을 드리지 않을 수가 없네요. 작가님은 좋아하는 사람을 만났을 때 먼저 고백하시는 편인가요, 아니면 고백을 기다리시는 편인가요?

A. 당연한 이야기지만 작가인 제가 소설 속 인물인 한과 똑같지는 않아요. 캐릭터를 만들 때 제 안에서 어떤 시기에 했던 생각과 느꼈던 감정들을 분화시키는 편이에요. 한때 저의 적극성에 대해 고민한 적도 있긴 했는데요. 실제의 삶에서는 제가 먼저

고백하는 일이 훨씬 많았네요.

Q. 학창 시절엔 힙합 음악을, 대학에서는 철학을, 영화도 만드셨고, 이제는 소설을 쓰고 계세요. 스스로를 '집돌이'라고 표현하신 것치고는 걸어오신 길에서 굉장한 역마살이 느껴지는데요, "그냥 받아들이고 살지"(53쪽) 않고 인생의 결정적인 순간마다 꽤 과감한 선택을 해오신 것 같아요. 특별한 이유가 있으셨을까요?

A. 앞서 답변에서 했던 소방서에서 죽음을 늘 곁에서 지켜본 경험이 제 삶에 영향을 끼친 것 같아요. 제가 하는 선택이 과감하고 용감한 선택이라기보다는 역설적으로 가장 현실적인 선택이라고 느끼거든요. 마치 시한부 선고를 받은

사람이 하는 선택처럼요. 그런데 실은
우리는 모두가 시한부 인생을 살고 있지
않은가요. 저는 여전히 분투하고 있습니다.
형태는 달라졌지만 랩 가사를 쓰는 것이든,
다큐멘터리를 찍고 영화를 만드는 것이든,
글을 쓰는 것이든, 계속 이야기를 만들면서 살
수 있는 길을 모색하는 것 같아요.

Q. 한 인터뷰에서 젤리, 팥, 떡볶이,
키보드 애호가라고 소개하셨는데요, 아이
입맛과 어르신 입맛이 공존하며, 도무지
성별과 나이를 짐작할 수 없는 종횡무진한
취향입니다. 또한 작법서 마니아라고
들었는데요, 한 권만 추천해주신다면?

A. 작법서 하면 뭐니 뭐니 해도 로버트
맥키의 《Story: 시나리오 어떻게 쓸 것인가》가

떠오르네요. 꼭 시나리오가 아니라 소설이든
다른 무엇이든 이야기를 쓰는 사람들에게
바이블처럼 통용되는 책인데요. 600쪽이 넘는
벽돌책이기도 한데 창작에 뜻을 두셨다면
그만큼 가치가 있다고 생각해요. 꼭 창작자가
아니라 하더라도 이야기를 사랑하시는
분들이라면 이 책을 읽은 뒤에 모든 이야기를
더 풍성하게 즐기실 수 있을 거예요.

Q. 작가의 말에 이렇게 쓰셨어요.
"일상에서 얼굴을 알고 지내는데 내 글을
전혀 읽지 않는 지인들보다, 제 문장을
읽는 이름 모를 독자분들이 훨씬 더 가깝게
느껴진다"라고요. 위픽 연재 중에 달린
독자 평을 보며 독자분들도 작가님과 같은
마음이라고 생각했습니다. "공개 마지막 날
이 소설을 한 번에 다 읽게 된 것이 미래의

내가 신호를 보낸 것이 아닐까 하는 생각이
들 정도로 재밌게 읽었다. 때마침 적절하게
찾아와준 소설." "아름답다. 이어지지 않아도
어떻게 이렇게 사랑을 하고 싶게 만드는지,
나폴리 꼭 가야지." "이 짧은 소설에서
이런 감정이 나오다니 감동이다. 힘든
찰나를 지내고 있는 나에게 주는 선물 같은
소설. 소설을 읽고 잠시 내 앞에 나폴리를
경험했다." "읽으면서 너무 행복했다. 무한한
미소를 짓게 된다." 이제 출간이 되면 또
얼마나 많은 독자분들이 나폴리의 파란
빛깔로 물들게 될지 기대가 됩니다. 지금껏
만난 독자 중에 가장 기억에 남는 분이
있으시다면요?

A. 독자분들을 실제로 만나볼 기회가
적기 때문에 대부분 기억에 남는데요. 《GV

빌런 고태경》을 읽고 힘들었던 시기에 큰 도움을 받았다며 정성스레 편지를 써서 전해주신 분이 있었어요. 책을 펴내고 나면 과연 이 문장들이 누군가에게 가닿기는 하는지 손에 잡히지 않는 느낌인데, 편지를 읽으면서 크게 감동했어요. 책을 읽고 블로그나 SNS에 독자분들이 써주신 글들도 큰 힘이 됩니다.

한 조각의 문학, 위픽 wefic

위픽은 위즈덤하우스의 단편소설 시리즈입니다.
'단 한 편의 이야기'를 깊게 호흡하는
특별한 경험을 선사합니다.

이 작은 조각이 당신의 세계를 넓혀줄
새로운 한 조각이 되기를.
작은 조각 하나하나가 모여
당신의 이야기가 되기를.

당신의 가슴에 깊이 새겨질
한 조각의 문학, 위픽

위픽 뉴스레터 구독하기
인스타그램 @wefic_book

- 67

부오니시모, 나폴리

초판 1쇄 인쇄 2024년 9월 24일
초판 1쇄 발행 2024년 10월 14일

지은이 정대건
펴낸이 최순영

출판2 본부장 박태근
스토리 팀장 김소연
편집 곽선희 김해지 이은정
디자인 이세호

펴낸곳 ㈜위즈덤하우스 **출판등록** 2000년 5월 23일 제13-1071호
주소 서울특별시 마포구 양화로 19 합정오피스빌딩 17층
전화 02) 2179-5600 **홈페이지** www.wisdomhouse.co.kr

ⓒ 정대건, 2024

ISBN 979-11-7171-718-7 04810
979-11-6812-700-5 (세트)

값 13,000원